Jean-Leman
nue Charn...
andier, ...

roman vert

Dominique et Compagnie

Sous la direction de

Yvon Brochu

Yvon Brochu

Le fantôme
du bateau atelier

Illustrations
Steve Adams

**Données de catalogage
avant publication (Canada)**

Brochu, Yvon
(Roman vert)
Pour enfants de 8 ans et plus

ISBN 2-89512-326-8

I. Adams, Steve. II. Titre.
III. Collection.

PS8553.R6F36 2003 jC843'.54 C2003-940342-4
PS9553.R6F36 2003
PZ23.B76Fa 2003

Dépôts légaux : 3e trimestre 2003
Bibliothèque nationale du Québec
Bibliothèque nationale du Canada
Bibliothèque nationale de France

ISBN 2-89512-326-8
Imprimé au Canada

10 9 8 7 6 5 4 3 2 1

Direction de la collection :
Yvon Brochu, R-D création enr.
Direction artistique et graphisme :
Primeau & Barey
Révision-correction :
Martine Latulippe

Dominique et compagnie
300, rue Arran
Saint-Lambert (Québec) J4R 1K5
Téléphone : (514) 875-0327
Télécopieur : (450) 672-5448
Courriel :
dominiqueetcie@editionsheritage.com
Site Internet :
www.dominiqueetcompagnie.com

Nous remercions le Conseil des
Arts du Canada de l'aide accordée
à notre programme de publication,
ainsi que la SODEC et le ministère
du Patrimoine canadien.

Gouvernement du Québec –
Programme de crédit d'impôt pour
l'édition de livres – SODEC

*« Je peins comme
l'oiseau chante. »*
Monet

*Merci à Danielle et
Martine qui m'ont
permis de mener à bon
port le bateau atelier*

Prologue

Couleurs de mystère

Louise Duteuil, la directrice du musée, range ses derniers dossiers, éteint son ordinateur et quitte son bureau. Encore une fois, sa journée de travail se termine en début de soirée. Trop tard à son goût! Mais, passionnée par son boulot, elle ne lésine jamais pour ajouter des heures de travail quand cela lui semble nécessaire pour la bonne marche du musée.

Chemin faisant dans les longs et sombres corridors du bâtiment, où les ombres nocturnes s'infiltrent déjà par les grandes baies vitrées qui montent jusqu'au plafond, elle rêve d'un bon bain moussant, la détente idéale.

Soudain, une voix attire son attention. Elle s'arrête. Non, elle n'a pas rêvé : il y a bien quelqu'un dans la salle trois, d'où provient toujours une voix. Elle se rend promptement jusqu'à l'entrée de la salle et aperçoit une jeune femme, assise devant une grande toile de Monet. Ce tableau illustre le peintre Monet en train de peindre dans sa barque sur la Seine.

Louise Duteuil est stupéfaite : elle a déjà vécu des dizaines de situations étranges durant sa carrière de conservatrice, elle a même vu une personne déjouer le système de sécurité, mais jamais, de toute sa carrière, elle n'a vu quelqu'un parler… à Monet.

Ni à aucun autre personnage peint sur une toile, d'ailleurs.

L'étrange visiteuse repousse ses longs cheveux bruns collés à son visage : des larmes les y retiennent. Louise Duteuil éprouve aussitôt un sentiment de sympathie pour la jeune femme. Elle s'assoit à ses côtés et ne dit mot qu'après un long moment.

– C'est à cause de cette toile de Monet que vous pleurez ?

L'inconnue tourne la tête vers elle et murmure : « Oui ». Puis, elle pose de nouveau son regard sur le tableau.

La conservatrice lève les yeux vers la toile à son tour.

– Quelle sérénité ! dit-elle après un moment. On voudrait se trouver sur la Seine, aux côtés de Monet, et peindre avec lui dans sa barque.

La jeune femme pleure de plus belle. Louise Duteuil se pince les lèvres : qu'a-t-elle donc dit pour susciter pareille réaction ? Elle jette un regard discret vers cette inconnue et voit de grosses larmes tomber sur ses mains, croisées à la hauteur de la taille.

—Vous êtes peintre, n'est-ce pas ?

Intriguée, la jeune femme regarde la conservatrice.

—Vos doigts ! fait cette dernière en lui adressant un sourire.

D'un geste instinctif, la jeune femme ferme les mains. Comme d'habitude, ses longs doigts ont gardé quelques traces de sa dernière séance de travail à l'atelier. Elle sourit à son tour. Les deux femmes se présentent et Émilie Legendre sent le besoin de s'expliquer.

– Euh… excusez-moi, je…

Sa voix s'étouffe ; elle est incapable de poursuivre.

Louise Duteuil se sent de plus en plus touchée. Dans le regard de cette Émilie, elle perçoit de la nostalgie, du mystère, une peine profonde…

– Émilie, dit-elle d'une voix douce, aimeriez-vous me parler ? Peut-être que vous confier à moi vous apporterait un peu de réconfort.

Louise Duteuil est estomaquée par la sincérité de la réponse qui lui est donnée.

– Je… je parlais à Monet, dans sa barque.

Chapitre 2

Couleurs de délinquance

– Wow !

Cette année encore, à l'Action de grâces, nous avons loué un chalet. Toujours le même, depuis que je suis toute petite. Nous venons également y passer quinze jours chaque été. « Une tradition familiale ! » se plaît à répéter mon père, un amoureux de la nature. Tout comme moi, Émilie ! Surtout depuis que j'ai découvert cet étang secret où je me rends ce matin. Un vrai paradis !

Un paradis que je suis seule à connaître. Je n'y ai jamais vu personne.

J'y viens très tôt le matin, et aussi le soir, juste avant le coucher du soleil. J'y prends des photographies merveilleuses. Par la suite, je peins ces belles images.

Pour accéder à mon paradis, je dois passer sous les grosses branches d'un chêne qui touchent presque la surface de l'eau. La seule autre façon d'y aller est de passer par la forêt avec son embarcation, ce qui est presque impossible tellement elle est dense. Mon étang est grand, tout entouré de petits canaux sinueux et de vieux arbres : je n'ai jamais vu de gardiens avec d'aussi beaux costumes !

J'ai découvert l'étang en suivant une famille de canards sauvages, il y a trois ans. Avec mon canot, tout doucement, je me suis faite « bébé canard » et j'ai glissé sur l'eau, sous les énormes bras feuillus du chêne. À cet instant, ma tête s'est remplie de beaux papillons blancs. Je n'oublierai jamais ce moment : c'était tellement une grande découverte ! Il n'y a pas d'endroit plus beau sur la terre, j'en suis certaine ! Ni plus tranquille. Entrer dans mon paradis, c'est comme entrer dans un autre monde : encore ce matin, ses légers clapotis, ses chants d'oiseaux et ses bourdonnements d'insectes me font ronronner le cœur de bonheur, comme mon chat Pinceau lorsque je le caresse.

– Wow !

Assise dans mon canot, je m'émerveille et prends des tonnes de photographies. J'ai toujours ces mêmes petits papillons blancs dans la tête, tout comme au premier jour. Mais quelques-uns se sont glissés jusque dans mon estomac : il me reste très peu de temps ! Car le soleil du matin cessera bientôt de transformer l'étang et les arbres en un vrai miroir magique : des feuilles rouges, vertes et ocre miroitent à la surface de l'eau, y ondulant comme des centaines de voiliers miniatures.

Devant pareille féerie, mon appareil et moi cliquons à l'unisson : clic ! clic ! clic !

Non, je n'exagère pas : jamais mon coin secret, tout au bout du lac, n'a été aussi merveilleux que ce matin. Quelles belles toiles je vais peindre !

Mon doigt s'immobilise brusquement au-dessus de mon appareil : l'écho amène la voix de mon frère Marc jusqu'à mon canot.

–Émilie ?… milie ?… Où es-tu ?… es-tu ?…

Je serre mon appareil très fort. J'ai onze ans, presque douze. Je suis prudente et très débrouillarde. Alors, pourquoi mes parents et mon grand frère me traitent-ils comme une enfant ? On dirait qu'à leurs yeux, je suis atteinte d'une grave maladie parce que j'aime être seule, me retrouver dans la nature et, par-dessus tout, peindre.

–Reviens vite !… viens vite !… Où es-tu ?… es-tu ?…

Et Marc qui ne cesse de jouer mon ange gardien ! Mais ici, dans mon paradis, jamais il ne me retrouvera. À moins qu'il ne se mette à voler…

–Dangereux… gereux… Émilie, reviens !… milie, reviens !…

Dangereux… Il me fait bien rire,

mon grand frère : sous mon canot, il y a moins d'un mètre d'eau et je porte ma ceinture de sauvetage…

À travers l'objectif de mon appareil, je vois surgir un jet de lumière, juste devant mon canot : à la surface de l'eau, les feuilles d'un grand bouleau se transforment en mille pépites d'or. « Clic ! » Oh ! sur ma gauche, de petites poussières lumineuses forment un magnifique rideau. Il tombe gracieusement à travers le feuillage multicolore d'un bel érable. « Clic ! » Je me vois déjà en train de peindre ces fabuleuses images dans le garage, où je me suis fait un atelier. De quoi me réchauffer le cœur tout l'hiver… et provoquer la colère de mes parents et de mon frère.

–Ma fille, à force de respirer de la

peinture, tu vas abîmer tes pou-
mons. Va donc jouer dehors !

– Mimi, tu as taché mes outils ! Ce
n'est tout de même pas l'École des
beaux-arts, mon garage. Fais un peu
attention, veux-tu ?

– Émilie, quand tu seras grande, tu
regretteras de ne pas avoir appris un
autre métier : les peintres crèvent de
faim !

Dans mon canot, je ne peux
m'empêcher de sourire. Si je cessais
de peindre, je m'ennuierais beaucoup de ces prises de bec avec ma
famille poule…

De chaque côté de mon canot, des
oiseaux jouent maintenant les petits
hydravions et atterrissent en douceur
dans les minuscules bancs de brume
du matin. Avec les rayons du soleil,
les restants de brume prennent une

teinte rosée. Bientôt, ils disparaîtront comme par enchantement. «Clic!»

Un peu triste, je me dis que, même si je suivais tous les cours de peinture du monde, jamais je ne pourrais reproduire sur une toile toute la beauté que je vois…

Hé! Derrière mon appareil, mon œil voit émerger d'un banc de brume une vieille cabane. Elle flotte dans un coin de l'étang. C'est au tour de mon cœur de jouer le petit hydravion: il va et vient dans ma poitrine, sans trouver où se poser.

D'où vient cette cabane? Il n'y a aucune autre entrée que celle sous le gros chêne.

Je me sens mal tout à coup. Je pense à des fantômes. Pire encore: à des vampires. Je suis tellement énervée que toute cette belle lumière

autour de moi me rappelle soudain
des films d'horreur que j'ai vus.

Y a-t-il quelqu'un dans la cabane?

Ma tête se vide d'un coup de ses
papillons blancs : ils vont tous se ré-
fugier au creux de mon estomac…

Chapitre 3

Couleurs d'amitié

Le dos bien droit, assise à l'arrière de mon canot, je regarde la barque mystérieuse tourner sur elle-même, lentement. On dirait une cabane sans murs sur les côtés, construite au centre d'une énorme chaloupe. Une ombre d'homme apparaît derrière un pan de bois.

– Bonjour !

L'homme à la barbe frisottante, assis à l'intérieur, sort de l'ombre. Il porte une chemise blanche et un drôle de chapeau en forme de cloche.

– Quelle magnifique journée, n'est-ce pas ?

Ouf ! il semble n'avoir aucun tic de monstre, ni yeux lumineux ni longues dents... Et, ce qui me rassure le plus, c'est que je n'ai jamais vu à la télévision de vampire portant la barbe !

Pourtant, je demeure aussi immobile que ma pagaie, bien droite dans l'eau. Je remarque soudain que l'homme tient un long pinceau dans sa main. Surprise, je le regarde un peu mieux. J'aperçois alors, juste derrière lui, à l'intérieur de sa cabane, une grande toile posée sur un chevalet. Je crois vraiment rêver : un peintre dans mon paradis ?

– Non, tu ne rêves pas, petite : je suis peintre.

Le vieil homme a deviné mes

pensées ! Je fronce les sourcils et lance d'une voix forte :

– Moi aussi, je suis peintre !

Je veux lui montrer que je suis chez moi, ici, et que je n'aime pas qu'on me traite de « petite »… Même si, avec l'apparition de cette barque, je ne me suis jamais sentie aussi petite !

– Je sais que tu es peintre, dit l'homme en jetant un long regard sur mon étang. Je n'ai jamais vu d'endroit aussi superbe à peindre ! Et, crois-moi, j'ai une longue expérience. Mais tu le connais mieux que moi, cet endroit : n'est-ce pas ton paradis ?

J'ai de plus en plus de papillons dans l'estomac. Cet homme semble bien me connaître. Serait-il un nouvel ami de mes parents ? Un voisin des chalets à louer tout près du nôtre? Je réponds en avalant un peu de travers:

– Oui, c'est mon paradis!

– Mais pourquoi n'apportes-tu pas tes pinceaux?

Je pointe mon appareil:

– Moi, je prends des photos! Je peins plus tard, chez moi, dans mon atelier.

– Oui, je sais…

Il me fait penser à mon frère, cet homme: il est toujours au courant de tout. Du moins, il prétend tout savoir.

– Alors, vous connaissez aussi mon nom?

– Bien sûr: tu t'appelles Émilie Legendre.

Cet étrange peintre semble vraiment bien informé. Beaucoup trop!

Je me méfie.

– Comment savez-vous tout ça ?

L'inconnu me sourit doucement, sans répondre.

– Vous… vous êtes qui ?

Après une petite hésitation, l'homme répond :

– Je suis peintre. Un très vieux peintre. Je me nomme… Monet.

– Eh bien, moi, vous avez raison, je m'appelle Émilie Legendre. Et notre chalet est tout près. Mes parents et mon grand frère y sont ; ils peuvent m'entendre crier d'ici, vous savez !

Le vieil homme sourit de nouveau. Il a l'air plutôt gentil, ce monsieur Monet. Je dois tout de même rester prudente. Aussi, je lui demande où il demeure.

– Loin d'ici, dit-il simplement.

Je ne suis pas rassurée du tout.

–En tout cas, Émilie, ton paradis est si beau à peindre que je…

Le vieil homme s'arrête de parler. De grosses larmes coulent sur ses joues. Toujours assise au fond de mon canot, je ne sais plus quoi faire ni quoi dire. Le pire, c'est que j'ai soudain envie de pleurer, moi aussi. Je me sens tellement idiote !

–Cet endroit, Émilie, poursuit le peintre d'une voix qui tremble beaucoup, me rappelle les moments heureux que j'ai passés à peindre près d'Argenteuil.

L'homme essuie ses larmes :

–Si tu savais, petite, comme cela fait du bien de pouvoir enfin pleurer.

Étonnée, je ne trouve rien à dire. Il jette un autre long regard tout autour de l'étang. Puis, je demande :

–Argenteuil, c'est en France ?

Ses yeux reviennent aussitôt vers moi, remplis de petites étincelles.

– Tu connais Argenteuil ?

– Euh… non. C'est que… vous parlez un peu comme Mathieu, mon prof d'éducation physique. Il est français.

Le vieil homme se met à rire très fort.

– Chut, monsieur Monet ! Mon frère va vous entendre…

Pendant plusieurs minutes, je lui raconte l'histoire secrète de mon paradis ; lui me parle de la Seine, de ses rives où il a passé autant de temps à peindre que moi, j'en passe ici à prendre des photos.

– Mais jamais, Émilie, jamais je n'ai vu d'aussi beaux coloris que dans ton paradis. C'est pour ça que je suis ici.

—Qui vous a parlé de mon paradis?

—Des amis. Ils m'ont demandé de venir peindre cet endroit.

—Vos amis ne vous ont pas dit de bien vous habiller? Bizarre… Ici, à l'Action de grâces, surtout tôt le matin, il fait très froid. Avec cette chemise, vous allez attraper la grippe.

—Tu es gentille de t'inquiéter pour moi, Émilie. Mais, en vieillissant, tu vois, on dirait que… je ne sens plus beaucoup le froid.

Comment ne pas grelotter par un temps pareil? J'ai un peu froid et, pourtant, je porte mon chandail de laine le plus chaud et un anorak qui me protège de la brise froide. Il est sympathique, ce vieux monsieur, mais je continue à le trouver vraiment très étrange. Et je ne dois pas oublier que je suis toujours toute seule avec lui dans un endroit que personne ne connaît…

–Tu es fascinée par les couleurs et la lumière, n'est-ce pas ?

–Comment le savez-vous ?

–Je le vois dans ton regard.

Tout ça n'est pas normal : une barque qui sort de la brume, un peintre qui connaît mon nom, devine mes pensées et sait que j'aime beaucoup les couleurs et la lumière…

Mes mains tremblent sur le manche de ma pagaie. Le vieil homme le remarque sûrement, car il plonge une de ses rames à l'eau et éloigne un peu sa barque.

–Tu ne dois surtout pas avoir peur de moi, petite. Tu peux t'en aller quand tu veux, tu sais. Mais avant, j'aimerais te montrer quelque chose…

Je ne comprends pas ce qui m'arrive : dans mon canot, je suis prête à me sauver, mais en même temps, j'ai vraiment envie de rester.

Le vieil homme me tend la toile qui se trouvait sur son chevalet.

– Tu n'as rien à craindre : je suis un vrai peintre. Regarde !

Wow ! Je n'ai jamais rien vu d'aussi beau ! Sur la toile, plein d'érables se reflètent dans l'eau ; des volutes de brume s'enroulent autour de leurs branches comme des serpentins. Ce qu'il a peint sur le tableau est encore plus beau que ce que je vois dans mon paradis.

Ce monsieur Monet est un vrai peintre, c'est sûr. Un grand peintre, même !

– Tu devrais peindre comme moi, Émilie : dans une barque. Avec les oiseaux autour, les bruits de l'étang, les jeux de lumière que tu aimes tant.

Qu'elles sont belles, ses couleurs! Et remplies de lumière! Comment fait-il? Je rapproche mon canot. Un tout petit peu. Assez pour observer des centaines de coups de pinceau appliqués les uns par-dessus les autres. Plus je fixe la toile, plus j'ai l'impression étrange d'avoir déjà vu ce style de peinture, ces petits coups de pinceau... mais où? Dans mon imagination, sans doute! Mes parents ne cessent de dire que je vis trop dans ma tête et pas assez dans la vraie vie.

– Tu sais, ma grande, tu peux faire d'aussi belles toiles que celle-ci.

Monet dépose sa toile sur le bord de sa cabane et se retourne pour mieux me parler. Mes mains ne tremblent plus du tout. Je suis contente que ce grand peintre ne me traite plus de «petite»…

– Tu vois, Émilie, prendre des photos et peindre après, c'est très bien; mais si tu peignais sur place, comme moi, tu serais beaucoup plus satisfaite. Sais-tu pourquoi?

De la tête, je fais signe que non.

– Les plus belles couleurs ne sont pas celles que tu vois et que tu essaies de reproduire; ce sont celles que tu pourrais créer en écoutant ton cœur qui palpite devant la beauté de ton étang. En écoutant les bruits de ce paradis que tu aimes tant, comme le chant des oiseaux. Tu comprends? Et pas question de m'imiter, surtout!

La voix de Marc résonne soudain:

– Émilie!… milie!… lie!

–Oh! quelle heure est-il?

–À mon âge très avancé, Émilie, m'explique le vieil homme, on ne se soucie plus de l'heure…

Le temps a passé si vite que mes parents sont peut-être déjà levés. Je les imagine, debout près de mon lit vide, inquiets. Ma mère et mon père détestent que j'aille faire des photos si tôt, surtout dans un endroit que je n'ai jamais voulu leur montrer.

À toute vitesse, je salue Monet en lui expliquant que je dois me sauver.

–Merci encore, ma grande, de me prêter ton paradis: mes amis t'en seront très reconnaissants… pour l'éternité.

Monsieur Monet continue à me traiter comme une grande. J'ai envie de lui dire: «Entre artistes, c'est bien normal!», mais je suis trop timide.

Et peut-être bien encore un peu trop petite…

Sans rien ajouter, je fais glisser mon canot vers le gros chêne.

—Je serai encore là en fin de journée, renchérit le vieil homme. Quand le soleil est si beau…

Je pense aussitôt : « Entre 15 h 30 et 16 h 30 ! »

—Si tu en as envie, Émilie, on pourrait peindre ensemble ; ça me plairait, tu sais.

Il est bizarre, ce monsieur Monet, mais je commence à bien l'aimer !

Chapitre 4

Couleurs d'angoisse

Quel dimanche matin! Assise à la table, je ne pense qu'à monsieur Monet. Et surtout à sa toile! Pendant ce temps, ma mère continue son grand sermon. Elle est tellement bouleversée par ma désobéissance qu'elle n'a mangé que les bouts de ses deux croissants.

—Comment veux-tu qu'on te fasse confiance, maintenant, Émilie? Et arrête de traiter ton frère de tous les noms: il n'est pas du tout notre espion!

Je suis finalement revenue de

l'étang avant que mes parents ne soient sortis de leur chambre. J'étais très soulagée. Mais ça n'a pas duré : Marc est arrivé quelques minutes après moi, bredouille de sa nouvelle escapade en forêt pour me retrouver. Je l'ai supplié de ne rien dire. Je ne lui demandais pas la lune, ni même un mensonge, seulement de se taire, pour une fois. Mais non ! Mon ange gardien s'est de nouveau transformé en justicier et a ouvert sa grande *trappe…* Il mérite bien son titre d'espion !

– Émilie, tu ne comprends donc pas notre angoisse ?

– Je ne fais rien de mal : je prends des photos. Et il n'y a aucun danger, je t'assure. Je ne suis plus un bébé !

Heureusement, comme d'habitude, papa m'aide. Il réussit à

calmer maman, à lui faire oublier ses craintes petit à petit, et il nous fait même rire. Je m'amuse bien jusqu'au moment où je pose la question qui me trotte dans la tête depuis mon retour :

– Papa, est-ce que tu connais un peintre qui s'appelle Monet ?

– Voyons, Mimi ! intervient ma mère. Tu aimes passionnément la peinture et tu ne connais pas Monet ?

Mon grand frère prend un air indigné :

– Même moi, je le connais !

– Tu sauras, Marc, que moi aussi, je…

Je me tais brusquement. Quelle gaffe j'ai failli faire ! J'allais répondre à mon fanfaron de frère que moi aussi, je connais Monet. Et même personnellement, puisque je l'ai vu dans sa cabane flottante, il y a quelques minutes à peine. Le choc aurait tué ma mère sur le coup, je crois ! Et adieu mon paradis…

–Monet est un impressionniste très connu, explique gentiment papa. Je crois même, Émilie, que nous avons vu certaines de ses toiles ensemble, dans un livre que tu avais emprunté à la bibliothèque de l'école.

Je reste figée comme une statue. Papa a raison : je me rappelle très bien ce livre. Une peur épouvantable me serre aussitôt le cœur. J'ai très chaud. Je revois ces centaines de petits coups de pinceau sur la toile de monsieur Monet, ce matin, et ceux sur les images dans le livre…

– Qu'as-tu, Émilie ? s'inquiète maman. Tu es toute rouge !

– On dirait un gros homard ! se

moque mon frère.

Je réussis de peine et de misère à demander :

— Il… il vit où ?

— Voyons, Émilie ! lance maman.

— Tu parles encore de Monet ? interroge papa.

Mon frère éclate de rire et rugit :

— Il est mort, ton Monet ! Et depuis longtemps, petite sœur !

Sans savoir pourquoi, je me lève de table et me mets à crier :

— Vous êtes menteurs ! Menteurs !

— Émilie, qu'est-ce qui te prend ? !

Je fais tomber ma chaise et monte à toute vitesse dans ma chambre.

C'est bien cette réponse que j'avais en tête. Et c'est bien celle que je redoutais !

Depuis de longues minutes, je pleure dans mon lit. Je serre mon chat dans mes bras en chuchotant. Aucun autre confident ne me croirait.

—Je te jure, Pinceau, j'ai vu un fantôme. Une personne qui est revenue sur terre après sa mort.

Pinceau lève vers moi de petits yeux ennuyés. «N'essaie pas de me faire croire à tes histoires de fantômes et de revenants!» semble-t-il me dire. Même mon chat me croit folle. Et il a bien raison! Je sais que mon histoire n'a pas de sens, que je ne peux pas avoir vu le vrai peintre Monet: il est mort! Mais si ce n'était pas lui, c'était qui, alors? Je n'ai pas rêvé tout ça!

La porte de ma chambre s'ouvre lentement. Je garde la tête baissée. Mais je reconnais vite le pas de papa.

Je suis soulagée. Après Pinceau, papa est sûrement la meilleure personne pour m'écouter et me comprendre. Assise sur le bord de mon lit, j'ai le cœur tellement gros que je finis par tout raconter dans les détails. Pendant tout ce temps, mon père ne dit pas un mot. Même si je m'arrête souvent pour pleurer, me moucher, renifler et reprendre mon calme. À la fin, je demande :

– Y a-t-il un autre peintre qui s'appelle Monet ?

– Non, ma chouette. Je ne crois pas.

– Mais je l'ai vu, papa, je te le dis ! Il était sur mon étang, dans sa cabane, en train de peindre.

Le visage de papa s'éclaire soudain.

– Attends ! dit-il en se levant et en sortant de la chambre en vitesse. Je reviens tout de suite.

Quelques secondes plus tard, il est de retour dans la chambre avec son ordinateur portatif qu'il s'empresse de brancher. Sans comprendre, je le regarde bouger ses doigts sur l'appareil et faire apparaître plein d'images à l'écran. Jusqu'à ce qu'une toile surgisse et me fasse bondir le cœur.

– Approche, Mimi ! Regarde bien cette toile : elle s'appelle *Le bateau atelier.*

Les yeux rivés à l'écran, j'ai l'impression de me retrouver devant la cabane qui flottait sur mon étang ce matin.

– C'est lui, papa ! C'est lui ! J'en suis certaine !

J'éclate en sanglots. Papa me prend dans ses bras et me rassure :

– Tout s'explique, Émilie : ici, sur le site du musée, on dit qu'il s'agit de

Monet en train de peindre sur la Seine, près d'Argenteuil, où il a habité une partie de sa vie.

Je m'écrie :

– Il m'a parlé d'Argenteuil, ce matin ! Et de la Seine aussi ! Je te jure…

– Calme-toi et écoute-moi, Émilie, m'interrompt mon père.

Je cesse de parler. Je fais de mon mieux pour écouter ce qu'il me dit. Mais maintenant que je vois cette toile, je suis certaine que je n'ai pas rêvé. Que c'était lui. Monet.

– Tu as sûrement déjà vu cette toile dans le livre sur les impressionnistes que nous avons regardé ensemble, explique calmement mon père. Tu te souviens ?

Je fais signe que oui.

– L'explication est simple, alors : tu as tellement aimé cette peinture que

tu as gardé cette image dans ton in-
conscient. Et ce matin, sur ton étang,
elle est revenue dans ta tête. Sans le
vouloir, tu as imaginé…

Je regarde mon père droit dans les
yeux en répétant plusieurs fois, pour
qu'il comprenne bien que je dis la
vérité :

– Papa, je n'ai pas inventé la cabane !

Mais je vois bien dans ses yeux
qu'il ne me croit pas. J'éclate de nouveau en sanglots : même lui n'est
plus mon allié !

Mon père tente de me consoler. Il
me caresse les cheveux doucement.

– Cette fois, Émilie, je crois que ta
mère a raison : à force de te retran-
cher du monde, de toujours être
seule avec ta peinture, tu n'arrives
plus à contrôler ton imagination…

Je me sens trahie. Je ne dirai plus

un mot : de toute façon, mon père ne croira rien de ce que je pourrais encore lui confier.

– Si tu veux vraiment en avoir le cœur net, Émilie, je peux aller avec toi sur ton étang.

Jamais ! C'est décidé : je ne me fie plus à personne dans cette affaire… même pas à Pinceau !

• • •

Enfin ! Ils arrivent !

Mes parents ont invité les amis du chalet voisin pour le repas du soir. Et, comme à l'habitude, ils se présentent en fin d'après-midi pour prendre l'apéro et jouer aux cartes.

Il est 16 heures. Monsieur Monet doit encore être en train de peindre…

À mi-chemin dans l'escalier, j'attends le moment propice. Il ne tarde pas à se présenter : pendant que tout le monde se salue, je prends la poudre d'escampette. Je cours jusqu'au quai. Après avoir mis mon gilet de sauvetage, je glisse mon canot à l'eau et je me mets à pagayer très vite, comme jamais auparavant. Je regarde vers le chalet : ils sont toujours à l'intérieur et ne semblent pas avoir remarqué quoi que ce soit. Ouf !

Ma gorge se serre. Malgré mes mains toutes moites et les idées épouvantables qui me viennent en tête, je n'arrête pas de pagayer. Je n'aime pas désobéir, mais je ne veux pas garder ce souvenir au fond de mon cœur toute ma vie, en me demandant si c'est seulement une histoire que j'ai inventée. Je dois revoir monsieur Monet. Être bien

sûre. Lui parler.

Mais si ce n'était qu'un vieil homme qui se fait passer pour Monet ?

Je suis tout près, maintenant. Plus question de reculer. D'ailleurs, la toile que j'ai vue ce matin était tellement magnifique qu'aucun homme se faisant passer pour Monet n'aurait pu la peindre !

Je me glisse sous les branches du

chêne. Des jets de lumière m'aveuglent dès mon entrée : impossible de savoir si monsieur Monet est là. Je fais avancer mon canot et je traverse lentement cet immense écran blanc, tout lumineux, forgé par les derniers rayons qui s'infiltrent à travers les arbres. Mes yeux cherchent, et cherchent encore. Aucune barque ! Je sens mon cœur se serrer, comme si cette brume épaisse qui jaillit des canaux l'imprégnait peu à peu d'une grande tristesse. Et tandis que je tente de me convaincre que je n'ai pas imaginé tout cela ce matin, un bruit de remous me fait tourner la tête vers le rivage : tout heureuse, je vois la cabane qui a de nouveau surgi de la brume à mon insu.

– Monsieur Monet ? je demande.

La barque se met à tourner lentement. Je tremble comme les feuilles des érables tout près de moi. Ouf ! je vois enfin monsieur Monet, très calme, apparaître à l'intérieur de la cabane. Il dépose son pinceau, se lève et m'accueille avec un grand sourire.

– Émilie, tu es revenue. Que c'est gentil !

– Mes parents ne voulaient pas, mais…

Non, décidément, je n'arrive pas à croire que monsieur Monet est un fantôme. J'ai peine à avaler, mais je dois tout de même lui poser la seule question importante :

– Monsieur Monet… êtes-vous le peintre qui est dans mon dictionnaire ?

Monsieur Monet baisse un peu la tête et me jette un regard hésitant. Je sens mes jambes devenir toutes molles. Heureusement, je suis assise dans mon canot ! Je ne peux plus arrêter : je dois continuer jusqu'au bout.

– Êtes-vous… euh…

– Mort ? complète le vieil homme, les yeux toujours fixés sur les miens.

Je fais signe que oui de la tête.

– Oui, Émilie. Je suis mort. Mais surtout ne sois pas effrayée ! Ai-je l'air d'un fantôme méchant, dis-moi ?

Cette fois, je fais non de la tête.

–Je suis en mission pour peindre ton paradis. Mes amis ont obtenu une permission spéciale pour m'envoyer ici. Il manquait des toiles automnales de Monet pour leur bonheur éternel. Et pour moi, c'est le plus grand bonheur! Le paradis d'où je viens est bien, mais je ne peux pas y peindre. Voilà pourquoi je suis si heureux, tu comprends? C'est un grand privilège qui m'a été accordé.

C'est bien un fantôme… Et pourtant, maintenant que je le sais, je n'ai plus aucune crainte. C'est comme pour une piqûre : avant, j'ai peur, mais rendue dans le bureau de l'infirmière, c'est fini!

–Ce matin, poursuit le peintre, on m'a encore fait revenir sur terre, dans ton étang, juste au moment où tu étais en train de prendre des photos. Je ne sais pas pourquoi. Ce n'était pas prévu…

–Vos amis, monsieur Monet, ce sont des… des anges?

–Oui, c'est ainsi que plusieurs les appellent, ici, sur terre. Mais je te le dis, Émilie, ils peuvent être de vrais petits diables!

J'éclate de rire.

–Chut! fait monsieur Monet d'un air taquin. Ton frère pourrait nous entendre!

Je demande en baissant la voix:

–Et vous, monsieur Monet, vous êtes aussi… un ange?

Le vieil homme éclate de rire à son tour:

–Qu'en penses-tu, toi?

Je réfléchis un instant avant de répondre:

– Moi, je crois que vous êtes le bon dieu de la couleur!

– C'est le plus beau compliment que j'ai reçu, me dit monsieur Monet d'une voix émue, les yeux tout brillants. Dis, Émilie, tu veux bien peindre un peu avec moi? Jadis, j'aimais être seul, comme toi. Mais parler avec toi me fait vraiment beaucoup de bien, tu sais. Au paradis, on ne sait plus trop quoi se dire. Être éternel, ça rend très silencieux…

Je ne comprends pas tout ce que me dit monsieur Monet, mais j'imagine qu'il se sent comme quand je peins, toute seule, et que je vois Pinceau arriver. Ça me rend tout heureuse. Alors, j'accepte de jouer Pinceau pour monsieur Monet.

Avec précaution, je monte dans la barque du vieil homme. Puis, il me chuchote à l'oreille :

– Qu'est-ce que tu dirais, ma grande, de te retrouver dans mon ancien paradis à moi, sur la Seine, où j'ai peint de si jolis paysages dans ma barque ? Ce n'était pas prévu non plus à mon programme sur terre… mais je crois que je peux t'y emmener !

• • •

Wow ! Moi, Émilie, je suis au paradis… dans l'ancien paradis de monsieur Monet.

Dès que j'ai dit oui, comme par magie, sans que nous bougions, le décor de mon étang s'est mis à changer complètement.

Que c'est beau ! De chaque côté de la barque, tout est vert. Plein de verts :

des tendres, des jaunes, des vert pomme, des vert gris, presque noir luisant. De magnifiques branches d'arbres tombent comme un parapluie géant en lambeaux. Tout est calme. Et, comme dans mon paradis, il y a plein d'oiseaux qui chantent et qui jouent les petits hydravions : ils se posent tout doucement sur la rive, dans les bosquets et sur les plantes de toutes les grandeurs.

– C'est comme si je me promenais dans les toiles que j'ai vues dans le grand livre que j'ai rapporté de la bibliothèque de mon école, monsieur Monet.

Le peintre me sourit. De nouvelles petites larmes glissent sur ses joues pour vite se cacher dans sa barbe. Il se lève, va s'asseoir un peu plus loin et fait avancer notre barque tout

doucement. Nous passons sous un joli petit pont de bois. Des jets de lumière tombent sur nous, traversant les hauts arbres comme des petits chevaux blancs laissant des traînées lumineuses derrière.

– C'est le plus beau tour de bateau de toute ma vie, monsieur Monet!

La barbe de mon nouvel ami se met à sautiller. Il rit, il rit longtemps; puis, il me raconte pendant un bon moment sa vie de rêve sur son bateau atelier.

– Quand je peignais, dit-il, je ressentais des picotements partout! Des picotements de bonheur. Je pouvais passer des heures et des heures à peindre dans mon bateau.

– Moi, dans le garage de mon père, c'est des frissons que j'ai: des petits frissons de bonheur, du bout des orteils au bout des doigts. Mais il y a toujours mes parents ou mon frère qui prennent un malin plaisir à venir me déranger : « Viens manger, Émilie !… Va jouer dehors, Émilie !… Va faire tes devoirs ! »

– Ah ! ricane alors Monet. Voilà pourquoi il faut peindre dans la nature, Émilie ! Construis-toi un bateau atelier, comme moi…

Nous rions ensemble.

–Ne t'en fais pas trop, Émilie, pour tes parents et tes amis : quand on n'a pas vraiment goûté au plaisir de créer de la couleur ou de la lumière sur une toile, c'est difficile de comprendre. Tu sais, on m'a longtemps pris pour un fou avec mes idées de peindre en pleine nature, avec ces tubes de peinture qu'on venait d'inventer au lieu des poudres… Et tu t'imagines : je peignais dans un bateau, par surcroît!

Nous rions de plus belle. Puis, nous parlons ensemble longtemps, jusqu'à ce que monsieur Monet juge qu'il nous faut vraiment retourner au paradis. Moi, dans mon étang, et lui, là-haut.

– Sinon, je vais devoir passer l'éternité à demander pardon pour avoir désobéi! blague-t-il.

Mais je n'arrive pas à lui rendre son sourire. Je me sens toute triste, tout à coup.

– Je ne pourrai plus jamais vous voir?

– Je ne crois pas, ma grande.

– On ne se parlera plus jamais?

– Qui sait, Émilie?... Continue à peindre, promis? Merci de ce très beau moment, et viens me rendre visite, de temps à autre!

– Mais où ? Où ?

Ma question reste sans réponse. Autour de mon canot, des dizaines d'yeux de grenouilles me regardent crier. Près de moi, de beaux érables semblent presque en flammes sous les derniers rayons du soleil de la fin de semaine de l'Action de grâces. Je suis seule, de retour sur mon étang.

Épilogue

Couleurs de retrouvailles

Une lumière tamisée diffuse ses ombres dans la salle trois du musée. Louise Duteuil et Émilie Legendre sont toujours assises l'une près de l'autre et continuent de fixer Monet dans sa barque, sur la grande toile.

Émilie Legendre semble avoir terminé de raconter son incroyable aventure.

—Vous vous êtes retrouvée sur la Seine, avec Monet, dans sa barque…, dit enfin la conservatrice, comme si elle pensait tout haut.

Le regard d'Émilie Legendre se

pose sur Louise Duteuil, comme celui d'une petite fille sur une cabane flottante dans son paradis.

– Est-ce que vous croyez à mon histoire ?

Louise Duteuil reste silencieuse. Le cœur d'Émilie devient un petit hydravion qui n'arrive pas à se poser nulle part…

– Émilie, dit enfin la conservatrice, je vais vous laisser avec Monet. Je crois que vous aviez raison de venir ici.

– Vous croyez vraiment, vous aussi, que c'est ici qu'il m'a donné rendez-vous ? demande la jeune femme d'une voix émue.

Louise Duteuil fait signe que oui de la tête, puis se lève.

– Je retourne à mon bureau. Je vous laisse avec Monet. Quand vous voudrez partir, venez frapper à ma porte, tout au bout du corridor, à droite, en sortant de la salle. Prenez tout votre temps, la nuit s'il le faut. Je suis certaine qu'il ne vous laissera pas seule longtemps.

Les yeux d'Émilie expriment une reconnaissance infinie. Pour la première fois depuis son enfance, elle partage ce beau secret.

Louise Duteuil se dirige lentement vers la porte de sortie. Juste avant qu'elle ne quitte, elle sursaute en entendant une voix masculine, grave et caverneuse, dire avec un accent français :

– Merci, madame !

Claude Monet

Claude Monet a été un des plus grands peintres français. Il est né à Paris en 1840, et il est mort en 1926 à Giverny, en France.

On l'a baptisé le « père de l'impressionnisme ». Il fait partie d'un groupe très célèbre de peintres (les impressionnistes) qui, fascinés par la couleur et la lumière, se sont mis à peindre en pleine nature au lieu de le faire dans un atelier. Ils ont révolutionné la peinture. Chacun a développé sa propre façon de peindre, son style.

Monet fait partie de ceux qui ont créé une façon tout à fait nouvelle de peindre, basée sur l'application de milliers de petits coups de pinceau ou de spatule. Au lieu de lécher la toile avec une peinture à l'huile plutôt liquide, il étalait et superposait ces petites touches de peinture. De près, on peut les voir sur la toile, mais de loin, l'ensemble donne au paysage peint une beauté incroyable, tant par les couleurs que par la lumière qu'on y retrouve. Une « impression » magnifique !

En 1874, Monet peignait souvent sur un bateau, sur la Seine, à Argenteuil, en France, où il vivait alors. Il a donc peint lui-même son bateau atelier.

Cette immense et très belle toile est exposée dans un musée privé appartenant au docteur Albert C. Barnes, à Merion, petite ville tout près de Philadelphie, dans l'État de Pennsylvanie, aux États-Unis.

C'est dans ce musée que le présent roman commence et se termine.

Le Bateau atelier, Claude Monet, BF n° 730 Galerie IX

Dans la même collection